CIDINHA DA SILVA

O MAR DE MANU

ILUSTRAÇÕES JOSIAS MARINH

3ª reimpressão

Yellowfante

Edição geral
Sonia Junqueira

Edição de arte e capa
Diogo Droschi

Revisão
Julia Sousa

Dados Internacionais de Catalogação na Publicacão (CIP)
(Câmara Brasileira do Livro, SP, Brasil)

Silva, Cidinha da
O mar de Manu / Cidinha da Silva ; ilustrações
Josias Marinho. – 1. ed. 3. reimp. – Belo Horizonte :
Yellowfante, 2025.

ISBN 978-65-88437-58-2

1. Literatura infantojuvenil I. Marinho, Josias.
II. Título.

21-73083 CDD-028.5

Índices para catálogo sistemático:
1. Literatura infantil 028.5
2. Literatura infantojuvenil 028.5

Maria Alice Ferreira - Bibliotecária - CRB-8/7964

A **YELLOWFANTE** É UMA EDITORA DO **GRUPO AUTÊNTICA** 

Belo Horizonte
Rua Carlos Turner, 420
Silveira . 31140-520
Belo Horizonte . MG
Tel.: (55 31) 3465-4500

São Paulo
Av. Paulista, 2.073 . Conjunto Nacional
Horsa I . Salas 404-406 . Bela Vista
01311-940 . São Paulo . SP
Tel.: (55 11) 3034 4468

www.editorayellowfante.com.br
SAC: atendimentoleitor@grupoautentica.com.br

Para Sueli Carneiro,
que há 35 anos
me oferece o céu
para pescar estrelas.

1

Manu tinha um sonho: pescar estrelas. O pai, Tidjane, relutava em comprar para ele a vara de pescar desejada. Tentou convencer o filho de como seria inútil uma ferramenta daquelas numa terra em que o mar morava tão longe. Entretanto, se Manu não tivesse herdado a teimosia do pai, não seria seu filho, a mãe dizia.

O menino mudou de tática e contou o sonho à mãe, Kadija, na esperança de que seu coração de água que circula por todos os lugares convencesse o pai. “Lembra, mãe, aquela história dos homens azuis do deserto contada pela vó Baya?” “Qual?” Eram tantas. “Aquela de um Tuareg que se perde à noite no deserto. Ele espeta uma estrela com a ponta da lança para iluminar o caminho de volta.” “Sim, lembro.” “Pois eu quero pescar estrelas, e o pai não quer comprar a vara.”

Kadija sorri. Ouve o filho, cozinha e pensa numa solução para o problema. Com a colher de pau, separa uma porção generosa de inhame cozido e coloca num prato fundo. Rega a raiz com o mel das abelhas doces e espalha sementes de cardamomo por cima. Envolve o prato numa folha de bananeira e o entrega ao filho para oferecer ao vendedor da vara de pescar, que naquele dia visitava a vila.

Manu sai de casa à procura do mascate e, quando o encontra sentado à sombra de um arbusto, estranha a tristeza em seus olhos. Estende as mãos, oferece o prato. Kofi sorri, agradecido, acostumado às gentilezas dos moradores da região. Sente o cheiro delicioso da iguaria.

Sentado ao seu lado, Manu pergunta a Kofi por que estava tão triste se havia vendido toda a mercadoria. Kofi desfaz o engano de Manu e conta que não vendera tudo. Faltava o produto mais caro. “E o que é?” “A vara de pescar portátil e eletrônica”, responde o mascate. “Os homens desdenharam da utilidade dela, e nem pude oferecê-la às mulheres, tão ocupadas elas andam.”

Os olhos do garoto quase saem das órbitas. Explica ao viajante que, diferentemente dos homens mais velhos, achava que a vara de pescar podia ter muitos usos. Há tantas estrelas no céu. É só olhar para cima, encontrar as Filhas da Noite e depois pescá-las.

Kofi gosta do que ouve. Gosta dos pensamentos do menino. Amassa a comida com a mão, faz pequenos montinhos e come, concentrado. Enquanto se alimenta, pensa que certas coisas são úteis para realizar sonhos. Resolve presentear Manu com a vara, para que ele possa pescar estrelas.

Mesmo feliz, o menino a princípio não aceita. Teme que o pai brigue. Kofi o tranquiliza, sugere que mostre o presente primeiro à mãe, que o ensinou a sonhar. Ela amolecerá o coração do marido.

2

Antes de as cigarras cantarem chamando a noite, Manu já tinha saído da vila, sozinho, contrariando as recomendações da mãe. Só a vara de pescar portátil de programação eletrônica, presente do vendedor de coisas úteis aos sonhos, lhe fazia companhia.

Manu se afastava das casas e caminhava para a floresta, assobiando e planejando a pescaria de estrelas, quando ouviu um estranho barulho trazido pelo vento. Sentiu cheiro de perigo e subiu na primeira árvore à sua frente. Era a árvore da vida.

Instantes depois um grupo de javalis passou por ali. Dois deles pararam, farejaram, esticaram os dentões e chamaram os outros de volta. Raivosos, olharam para cima e viram o menino. Conversaram entre si e resolveram derrubar a criança da árvore para devorá-la. Deram cabeçadas, morderam o tronco, cuspiram fogo pelos olhos... Desesperado, Manu rezava para todos os deuses infantis, conhecidos e desconhecidos, clamando por socorro.

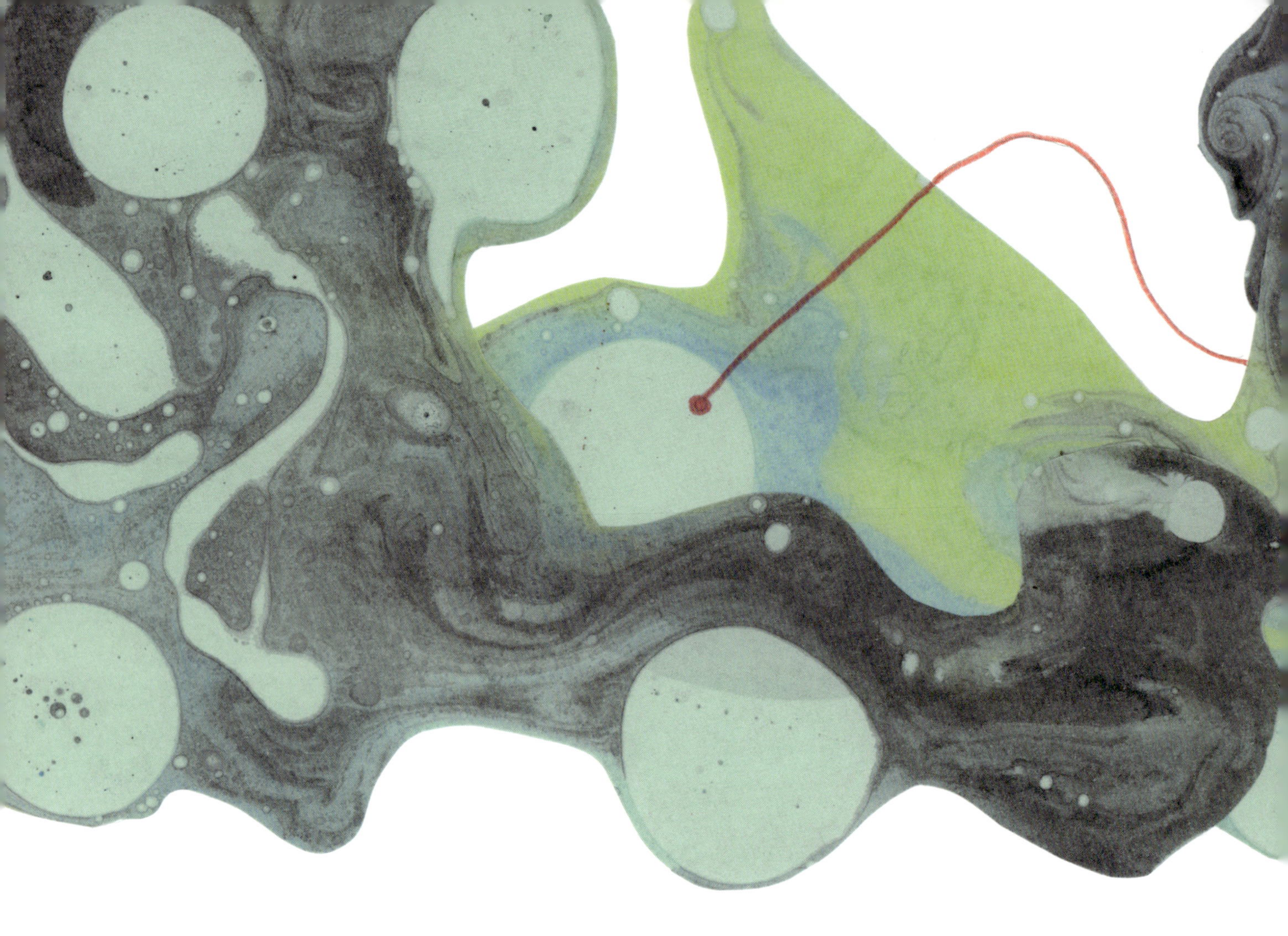

Muitas cabeçadas depois, suas preces foram atendidas, e os javalis partiram. Achando-se seguro, o menino pensou em descer da árvore. Por sorte, uma das Filhas da Noite piscou as pontas para ele, convidando-o a pescá-la. Era o aviso de que o perigo apenas se escondera.

Manu aceita o chamado, mede a distância da árvore da vida até o primeiro andar do céu e programa a vara de pescar para vencer o percurso. Então dispara o anzol, que faz o caminho como linha de pipa e se engancha na estrela salvadora. Ela desce brilhante, pousa na mão do pescador, tão quentinha que ele quase a deixa cair.

Lá embaixo, os javalis reaparecem. Espantada, a estrela escapa e por pouco não cai na boca das feras. O novo amigo, atento, puxa-a para perto de si. Compreende que os bichos não partiriam tão cedo. Sua espera seria longa.

Manu joga paciência com o tempo. O cobertor de medo que tomara conta dele aumenta o frio na barriga à medida que a noite vai se fechando. Ele mira o céu, avista a segunda Lua, um filete crescente no meio do mês. Não tem outra opção: precisa passar a noite ali, sobre a árvore, até ter certeza de que os animais não voltarão.

Recorda-se de uma história sobre o desentendimento entre os homens e os animais, que sua avó Baya havia contado. Muito antigamente, quando os bichos falavam e confiavam nos seres humanos, um caçador especializou-se em enganar animais. Usava a magia para se transformar no próprio bicho caçado. Sob a forma de um javali, ele atraía os demais até uma clareira e lá, mantendo certa distância, voltava a ser homem e os abatia a tiros de espingarda.

O caçador tinha feito isso durante muitos anos, até que um dia um pequeno javali descobriu seu segredo. Era assim: para transformar-se em animal, o caçador dizia palavras mágicas; já para retornar à condição humana, ele comia folhas de um arbusto. Assim que o sujeito desapareceu do alcance da vista, o javali mirim aproveitou para recolher algumas folhas do arbusto e levá-las para os adultos examinarem.

Foi marcada uma reunião do conselho dos mais velhos, que examinou a planta. Os javalis adultos confabularam e deram aos mais novos a missão de destruir todos os pés da planta mágica que encontrassem, principalmente aqueles próximos às clareiras.

Passaram-se alguns dias e noites. Mais uma vez, o caçador lançou mão de seu expediente desonesto para caçar. Seguiu o ritual de atrair os animais até a armadilha, mas, na hora de voltar à forma humana para matá-los, não encontrou a planta no lugar de sempre. Os animais, então, contra-atacaram e puseram fim à sua deslealdade.

3

O primeiro vaga-lume da noite pisca sua luzinha na testa do menino. Manu compreende que o ataque dos javalis não tinha sido gratuito. Os bichos só entendem o mundo pelo olhar da família, e acharam que Manu, um humano, devia pertencer à família do caçador. Dessa forma, os javalis o viam como traiçoeiro e o atacaram para se proteger.

Manu pesca mais duas Filhas da Noite, transforma-as em travesseiro e reafirma a necessidade de dormir no alto da árvore, mesmo sabendo que os amigos e parentes, na vila, deviam estar preocupados, procurando-o.

Antes do amanhecer, uma estrela cadente se joga do céu no colo de Manu para acordá-lo. E conta que a luz da Lua tinha explicado aos javalis que não havia parentesco entre ele e o caçador.

O menino agradece aos deuses infantis por tê-lo protegido, segura as três Filhas da Noite e a última estrela, despede-se delas e as coloca no galho mais alto da árvore, para facilitar a viagem de volta para casa. Desce da árvore da vida e dirige-se à vila, pensando em uma maneira de os homens se reconciliarem com os javalis.

A AUTORA

Meu nome é **Cidinha da Silva**, sou mineira de Belo Horizonte, e daqui a pouco vocês entenderão por que é importante falar de Minas Gerais na minha vida.

A história do Manu, protagonista deste livro, se passa em algum lugar entre três países da África Ocidental chamados Mali, Burkina Faso e Níger. Uma das coisas que esses países têm em comum é que não são banhados pelo mar. E quem não tem o mar no seu lugar de nascimento, como Manu e eu, costuma fazer projeções no céu inventando o mar até chegar o dia de encontrá-lo. E o céu de Minas é de uma beleza sem par. Você conhece?

Espero que a viagem de Manu seja sua também. Boa leitura!

O ILUSTRADOR

Sou **Josias Marinho**, professor de Artes Visuais no Colégio de Aplicação da Universidade Federal de Roraima (CAp/UFRR). Um professor-artista que busca estabelecer diálogos entre suas poéticas e o ensino escolar. Um rondoniense construindo laços com as brasilidades ao seu redor. Caçula de nove irmãos, trago, no meu fazer artístico e no modo de me relacionar com o mundo, o que aprendi com minha mãe e meus irmãos, sobrinhos e sobrinho-irmão. Sou oriundo da comunidade quilombola Real Forte Príncipe da Beira, às margens do rio Guaporé. E autor de *Benedito* (Caramelo, 2014). Três de minhas publicações já foram contempladas com a FNLIJ's selection of Brazilian writers, illustrators and publishers da Bologna Children's Book Fair em 2014, 2012 e 2010: *Zumbi dos Palmares em cordel* (Mazza Edições, 2013), *O príncipe da beira* (Mazza Edições, 2011) e *Omo-oba: histórias de princesas* (Mazza Edições, 2009), respectivamente.

➲ Instagram: @josiasmarinhocportfolio

Este livro foi composto com tipografia Duper e impresso em papel Couchê 150 g/m² na Formato Artes Gráficas.